Pour ma princesse, Else.
Pierre

Pour Louise, tant attendue…
sans oublier ses Demoiselles de compagnie : Prudence, Lumîr et Violette !
Charlotte

P.-S. : Merci Maryvonne !

© 2008, Hachette Livre / Gautier-Languereau
pour la première édition.
© 2010, Hachette Livre / Gautier-Languereau
pour la présente édition.
ISBN : 978-2-01-393387-2
Dépôt légal septembre 2010 – édition 01.
Loi n°49-956 du 16 juillet 1949
sur les publications destinées à la jeunesse.
Imprimé par Pollina en France - L54691.

Le Prince Hibou

Pierre Coran . Charlotte Gastaut

petits bonheurs
Gautier . Languereau

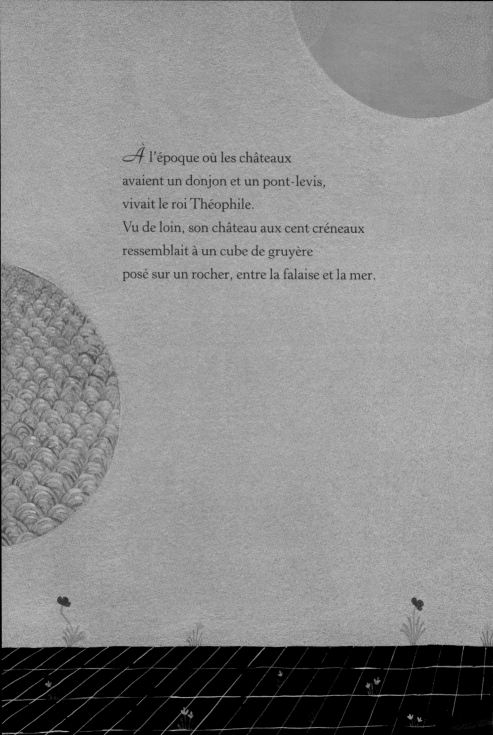

À l'époque où les châteaux
avaient un donjon et un pont-levis,
vivait le roi Théophile.
Vu de loin, son château aux cent créneaux
ressemblait à un cube de gruyère
posé sur un rocher, entre la falaise et la mer.

Il y a vingt années, un 25 décembre,
la reine Gwendoline mit au monde
une fille qui fut prénommée Noëlla.
Depuis, la Noël au château est une double fête.

Cette année,
pour le vingtième anniversaire de la princesse,
la double fête qui se prépare s'annonce extraordinaire.
Des lampions sont attachés partout.
Un sapin immense touche les étoiles.
Les tapis d'Orient sont recouverts de paillettes d'or,
des guirlandes de soie décorent les fenêtres,
des couronnes de gui ornent des tables rondes
comme autant de soleils.

Seulement voilà, en cette veille de Noël,
le château en forme de fromage est soudain envahi
par des souris géantes qui grimpent aux guirlandes
et se mettent à crotter partout. Catastrophe !
 Le roi Théophile se fâche et crie :
« Holà ! Soldats, qu'on m'apporte des chats ! »

Dans ce pays de marins, de vents et de vagues,
les matous voyagent beaucoup. Même en ce temps de Noël,
ils chassent le rat au fond des bateaux de pêche.
Les gardes, non sans peine, amènent trois chats :
un blanc, un noir et un bleu aux yeux jaunes.

À la vue des souris géantes,
les chats – le blanc, le noir, le bleu –
en deviennent gris de peur
et s'enfuient vers les oubliettes.
Le roi hurle :
« Holà ! Soldats, qu'on nettoie le château ! »
Aucun garde ne bouge d'un sabre.
Leur chef, avec fierté, dit au roi :
« Sire, nous sommes ici pour combattre
des guerriers, pas des souris. »

Le roi Théophile ne sait que faire.
Son château en fête était propre et beau…
et le voilà sale et laid à quelques heures de minuit.
« Père, lui dit Noëlla, les hiboux aussi
sont des chasseurs de souris. »

Aussitôt, la princesse grimpe sur le dos
de son éléphant préféré, qui l'emporte vers la falaise.

Puis elle appelle sa baleine préférée, qui la conduit
devant la grotte où les hiboux passent l'hiver.

Les oiseaux ont aperçu la fille du roi.

Ils s'envolent.

Un seul ne s'éloigne pas.

« Mes hommages, Princesse, dit le hibou.

– Qui es-tu, oiseau qui parle ? lui demande Noëlla.

– Je suis Harold, fils de marins, je viens d'un pays
situé à l'autre bout de la mer.

À la mort de mes parents dans un naufrage,
une nymphe du port m'a changé en hibou.

Elle m'a prédit avant de disparaître :

"Je te laisse la parole, mais tu ne retrouveras
forme humaine que si, la nuit de Noël,
tu vois de tes yeux un bateau de mille nœuds."

– Hibou Harold, faisons un marché, propose la princesse.

Tu chasses les souris de mon château et, en échange,
je demande à mon père de t'offrir, avant minuit,
un bateau de mille nœuds. »

L'oiseau accepte le marché.

Le roi Théophile est très embêté.
Même pour un roi riche, très riche,
un bateau de mille nœuds
est un cadeau de Noël impossible.
« Un tel bateau n'existe pas dans le monde !
se lamente la reine Gwendoline.
– Tant pis ! s'exclame le hibou. Débarrassons d'abord
le château des souris qui l'encombrent. J'ai un plan.
– Holà ! Soldats, que chacun obéisse
à ce hibou parleur et qu'on décrotte,
frotti-frotté, ce que les souris ont crotté. »
Cette fois, les gardes ne font plus
la sourde oreille. Il faut dire que
les souris géantes ont maculé, crotti-crotta,
leurs uniformes de gala.

Au château, chacun abandonne les préparatifs
de Noël et se met aux ordres du hibou.
Des gardes royaux traient la baleine de Noëlla.
Avec le lait, les cuisinières fabriquent des boules
de fromage. À l'aide d'arbres coupés et de cordes,
des soldats construisent un long radeau.
« Qu'on place les boules de fromage sur ce radeau ! »
ordonne l'oiseau.
Aussitôt dit, aussitôt fait.
L'éléphant tire le radeau jusqu'à la grotte aux hiboux.
« À présent, soldats, cachons-nous ! »
Harold le hibou entraîne la princesse derrière un rocher.

Bientôt les souris, alléchées
par l'odeur du fromage de baleine,
quittent le château pour la grotte.
Et là, elles se gavent,
elles se goinfrent, elles s'empiffrent.

Jamais, de mémoire de souris,
un fromage ne leur a paru aussi bon.

Les gourmandes mangent tant et tant
qu'elles s'endorment et digèrent,
les pattes sur le bedon.

« Gardes, chuchote Harold, qu'on lie, deux par deux,
les souris par la queue. »
Les soldats obéissent. Plus vite le travail sera terminé,
plus vite ils retrouveront la paix, la paix de Noël.

La princesse compte, une à une,
les souris du radeau.
« Deux mille ! Elles sont deux mille.
Pas une de plus, pas une de moins. »

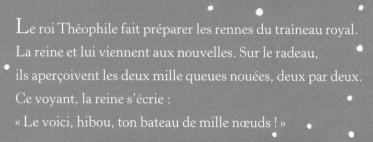

Le roi Théophile fait préparer les rennes du traîneau royal.
La reine et lui viennent aux nouvelles. Sur le radeau,
ils aperçoivent les deux mille queues nouées, deux par deux.
Ce voyant, la reine s'écrie :
« Le voici, hibou, ton bateau de mille nœuds ! »

À ces mots, tous les sapins de l'île se couvrent
de cheveux d'ange, tous les phares de la mer
se mettent à clignoter et, dans un éclair,
l'oiseau de nuit se change en un jeune homme de lumière.

Harold salue le roi. Il s'incline devant la reine
et baise la main de la princesse.
À l'instant, les yeux de Noëlla se font plus doux.
« Holà ! Soldats, qu'on largue les amarres ! »
crie gaiement le roi.
Et sur-le-champ, le radeau aux mille nœuds
de queue de souris disparaît sous la falaise.

À minuit, Noëlla souffle ses vingt bougies.
Alors, Harold le marin avoue son amour à la princesse,
qui l'aimait déjà…